紅樓夢第九十九回

守官箴惡奴同破刑　閱邸報老舅自擔驚

話說鳳姐見賈母和薛姨媽爲黛玉傷心便說有個笑話兒說給老太太和姑媽聽未從開口先自笑道因說道老太太和姑媽打諒是那裡的笑話兒就是偺們家的那二位新姑爺新媳婦啊賈母道怎麼了鳳姐拿手比着道一個這麼坐着一個這麽站着一個這麼扭過去一個這麼轉過來一個又說到這裡賈母已經大笑起來說道你好生說罷倒不是他們兩口兒你倒把人慪的受不得了薛姨媽也笑道你往下直說罷不用比了鳳姐纔說道剛纔我到寶兄弟屋裡我看見好幾個人笑我只到是誰巴着窗戶眼兒一瞧原來寶妹妹坐在炕沿上寶兄弟站在地下寶兄弟拉着寶妹妹的袖子口口聲聲只叫寶姐姐你爲什麼不會說話了你這麼說一句話我的病包管全好寶妹妹却扭着頭只管躲寶兄弟却作了一個揖上前又拉寶妹妹的衣服寶妹妹急得一扯寶兄弟自然病後是脚軟的索性一撲撲在寶妹妹身上了寶妹妹急得紅了臉說道你越發比先不尊重了說到這裡賈母和薛姨媽都笑起來鳳姐又道寶兄弟便立起身来笑道虧了跌了這一交好容易纔跌出你的話来了薛姨媽笑道這是寶丫頭古怪這有什麼的既作了兩口兒說說笑笑的怕什麼他没見他璉二哥和你鳳姐兒笑

道這是怎麼說呢我饒說笑話給姑媽解悶兒姑媽反到拿我打起卦來了賈母也笑道要這麼着纔好夫妻固然要和氣也得有個分寸兒我愛寶丫頭就在這尊重上頭只是我愁着寶玉還是那麼傻頭傻腦的這麼說起來比頭裡竟明白多了你再說說還有什麼笑話兒沒有鳳姐道明兒寶玉圓了房親家太太抱了外孫子那時候不更是笑話兒了麼賈母笑道猴兒我在這裡同着姨太太想你林妹妹你來慪個笑兒還罷了怎麼臊起皮來了你不叫我們想你林妹妹你不用太高興了你林妹妹恨你將來不要獨自一個到園裡去隄防他拉着你不依鳳姐笑道他倒不怨我他臨死咬牙切齒倒恨着寶玉呢賈母薛姨媽聽着還道是頑話兒也不理會便道你別胡拉扯了

你去叫外頭挑個狠好的日子給你寶兄弟圓了房兒罷鳳姐去了擇了吉日重新擺酒唱戲請親友這不在話下却說寶玉雖然病好復元寶釵有時高興翻書觀看談論起來寶玉所有眼前常見的尚可記憶若論靈機大不似從前活變了連他自已也不解寶釵明知是通靈失去所以如此倒是襲人時常說他你何故把從前的靈機都忘了那是舊毛病忘了纔好為什麼你的脾氣還覺照舊在道理上更糊塗了呢寶玉聽了並不生氣反是嘻嘻的笑有時寶玉順性胡鬧多虧寶釵勸說諸事畧覺收斂些襲人倒可少費些唇舌惟知悉心伏侍別的丫頭

素仰寶釵貞靜和平各人心服無不安靜只有寶玉到底是愛動不愛靜的時常要到園裡去逛賈母等一則怕他招受寒暑二則恐他睹景傷情雖黛玉之柩已寄放城外菴中然而瀟湘館依然人亡屋在不免勾起舊病來所以也不使他去況且親戚姊妹們薛寶琴已回到薛姨媽那邊去了史湘雲因史侯回京也接了家去了又有了出嫁的日子所以不大常來只有寶玉娶親那一日與吃喜酒這天來過兩次也只在賈母那邊住下爲着寶玉已經娶親過的人又想自已就要出嫁的也不肯如從前的詼諧談笑就是有時過來也只和寶釵說話見了寶玉不過問好而已那邢岫烟却是因迎春出嫁之後便隨着邢

夫人過去李家姊妹也另住在外即同着李嬸娘過來亦不過到太太們與姐妹們處請安問好即回到李紈那裡略住一兩天就去了所以園內的祗有李紈探春惜春了賈母還要將李紈等挪進來爲着元妃薨後家中事情接二連三也無暇及此現今天氣一天熱似一天園裡尚可住得等到秋天再挪此是後話暫且不提且說賈政帶了幾個在京請的幕友曉行夜宿一日到了本省見過上司即到任拜印受事便查盤各屬州縣糧米倉庫賈政向來作京官只曉得郎中事務都是一景兒的事情就是外任原是學差也無關于吏治上所以外省州縣折收糧米勒索鄉愚這些弊端雖也聽見別人講究却未嘗身親

其事只有一心做好官便與幕賓商議出示嚴禁並諭以一經查出必定詳參揭報初到之時果然胥吏畏懼便百計鑽營偏遇賈政這般古執那些家人跟了這位老爺在都中一無出息好容易盼到主人放了外任便在京指着在外發財的名頭向人借貸做衣裳裝體面心裡想着到了任銀錢是容易的了不想這位老爺獃性發作認真要查辦起來州縣餽送一概不受門房簽押等人心裡盤算道我們再挨半個月衣服也要當完了債又逼起來那可怎麼樣好呢眼見得白花花的銀子只是不能到手那些長隨也道你們爺們到底還没花什麼本錢来的我們纔寃花了若干的銀子打了個門子来了一個多月連

半個錢也沒見過想來跟這個主兒是不能撈本兒的了明兒我們齊打夥兒告假去次日果然聚齊都來告假賈政不知就裡便說要來也是你們要去也是你們既嫌這裡不好就都請便那些長隨怨聲載道而去只剩下些家人又商議道他們可去的去了我們去不了的到底想個法兒纔好內中有一個管門的叫李十兒便說你們這些沒能耐的東西着什麼忙我見這長字號兒的在這裡不犯給他出頭如今都餓跑了瞧瞧你十太爺的本領少不得本主兒依我只是要你們齊心打夥兒弄幾個錢回家受用若不隨我我也不管了橫豎拚得過你們衆人都說好十爺你還主兒信得過若你不管我們實在是死

症了李十兒道不要我出了頭得了銀錢又說我得了大分兒了窩兒裡反起來大家没意思衆人道你萬安没有的事就没有多少也强似我們腰裡掏錢正說着只見粮房書辦走來找周二爺李十兒坐在椅子上蹺着一隻腿挺着腰說道找他做什麽書辦便垂手陪着笑說道本官到了一個多月的任這些州縣太爺見得本官的告示利害知道不好說話到了這時候都没有開倉若是過了漕你們太爺們來做什麽的李十兒道你别混說老爺是有根蒂的說到那裡是要辦到那裡這兩天原要行文催兑因我說了緩幾天纔歇的你到底找我們周二爺做什麽書辦道原爲打聽催文的事没有别的李十兒道越

發胡說方纔我說催文你就信嘴胡謅可别鬼鬼祟祟來講什麽賬我叫本官打了你退你書辦道我在這衙門内已經三代了外頭也有些體面家裡還過得就規規矩矩伺候本官陞了還能彀不像那些等米下鍋的說著回了一聲二太爺我走了李十兒便站起堆著笑說這麽不禁頑幾句話就臉急了書辦道不是我臉急若再說什麽豈不帶累了二太爺的清名呢李十兒過來拉著書辦的手說你貴姓啊書辦道不敢我姓詹單名是個會字從小兒也在京裡渾了幾年李十兒道詹先生我是久聞你的名的我們弟兄們是一樣的有什麽話晚上到這裡偺們說一說書辦也說誰不知道李十太爺是能事的把我一

一詐就嚇毛了大家笑著走開那晚便與書辦咕唧了半夜第二天拿話去探賈政被賈政痛罵了一頓隔一天拜客裡頭吩咐伺候外頭答應了停了一會子打點已經三下了大堂上没有人接鼓好容易叫個人來打了鼓賈政踱出煖閣站班喝道的衙役只有一個賈政也不查問在墀下上了轎等轎夫又等了好一回來齊了抬出衙門那個炮只響得一聲吹鼓亭的鼓手只有一個打鼓一個吹號筒賈政便也生氣說往常還好怎麽今兒不齊集至此抬頭看那執事却是攙前落後勉強拜客回來便傳誤班的要打有的說因没有帽子誤的有的說是號衣當了誤的又有的說是三天没吃飯抬不動賈政生氣打了一兩個也就罷了隔一天管廚房的上來要錢賈政帶來銀兩付了已後便覺樣樣不如意比在京的時候倒不便了好些無奈便喚李十兒問道我跟來這些人怎樣都變了你也管管現在帶來銀兩早使没有了藩庫俸銀尚早該打發京裡取去李十兒禀道奴才那一天不說他們不知道怎麽樣這些人都是没精打彩的叫奴才也没法兒老爺說家裡取銀子取多少現在打聽節度衙門這幾天有生日别的府道老爺都上千上萬的送了我們到底送多少呢賈政道為什麽不早說李十兒說老爺最聖明的我們新來乍到又不與别位老爺很來往誰肯送信巴不得老爺不去便好想老爺的美缺賈政道胡說我這

官是皇上放的不與節度做生日便叫我不做不成李十兒笑着問道老爺說的也不錯京裡離這裡很遠凡百的事都是節度奏聞他說好便好說不好便吃不住到得明白已經遲了就是老太太太太們那個不願意老爺在外頭烈烈轟轟的做官呢賈政聽了這話也自然心裡明白道我正要問你為什麼都說起來李十兒回說奴才本不敢說老爺既問到這裡若不說是奴才沒良心若說了少不得老爺又生氣賈政道只要說得在理李十兒說道那些書吏衙役都是花了錢買着糧道的衙門不想發財俱要養家活口自從老爺到了任並沒見為國家出力倒先有了口碑載道賈政道民間有什麼話李十道百姓

說凡有新到任的老爺告示出得愈利害愈是想錢的法兒州縣害怕了好多多的送銀子收糧的時候衙門裡便說新道爺的法令明是不敢要錢這一難留叨蹬那些鄉民心裡願意花幾個錢早早了事所以那些人不說老爺好反說不諳民情便是本家大人是老爺最相好的他不多几年巳巴到極頂的分兒也只為識時達務能彀上和下睦罷了賈政聽到這話道胡說我就不識時務嗎若是上和下睦叫我與他們猫鼠同眠嗎李十兒回說道奴才為着這點忠心兒掩不住纔這麼說若是老爺就是這樣做去到了功不成名不就的時候老爺又說奴才沒良心有什麼話不告訴老爺了賈政道依你怎麼做纔好

李十兒道也没有别的趁着老爺的精神年紀裡頭的照應老太太的硬朗爲顧著自已就是了不然到不了一年老爺家裡的錢也都貼補完了還落了自上至下的人抱怨都說老爺是做外任的自然弄了錢藏着受用倘遇著一兩件爲難的事誰肯幫著老爺那時辦也辦不清悔也悔不及賈政道據你一說是叫我做貪官嗎送了命還不要緊必定將祖父的功勳抹了纔是李十兒回禀道老爺極聖明的人没看見舊年犯事的几位老爺嗎這几位都與老爺相好老爺常說是個做清官的如今名在那裡現有几位親戚老爺向来說他們不好的如今陞的陞遷的遷只在要做的好就是了老爺要知道民也要顧官也要顧若是依著老爺不準州縣得一個大錢外頭這些差使誰辦只要老爺外面還是這樣清名聲原好裡頭的委屈只要奴才辦去關碍不着老爺的奴才跟主兒一塲到底也要掏出忠心來賈政被李十兒一番言語說得心無主見道我是要保性命的你們鬧出來不與我相干說著便踱了進去李十兒便自已做起威福鈎連內外一氣的哄著賈政辦事反覺得事事周到件件隨心所以賈政不但不疑反多相信便有几處揭報上司見賈政古朴忠厚也不查察惟是幕友們耳目最長見得如此得便用言規諫無奈賈政不信也有辭去的也有與賈政相好在內維持的於是漕務事畢尚無隕越一日賈政無事在

書房中看書簽押上呈進一封書子外面官封上開著鎮守海門等處總制公文一角飛遞江西糧道衙門賈政拆封看時只見上寫道

金陵契好桑梓情深昨歲供職來都竊喜常依座右仰蒙雅愛許結朱陳至今佩德勿諼祗因調任海疆未敢造次奉求衷懷歉仄自歎無緣今幸棨戟遥臨快慰平生之願正申燕賀先蒙翰教邊帳光生武夫額手雖隔重洋尚叨樾蔭想蒙不棄卑寒希望蔦蘿之附小兒已承青盼淑媛素仰芳儀如蒙踐諾即遣冰人途路雖遥一水可通不敢云百輛之迎敬備仙舟以俟茲修寸幅恭賀陞祺并求金允臨穎不勝待命之至　世弟周瓊頓首

賈政看了心想兒女姻緣果然有一定的舊年因見他就了京職又是同鄉的人素來相好又見那孩子長得好在席間原提起這件事因未說定也沒有與他們說起後來他調了海疆大家也不說了不料我今陞任至此他寫書來問我看起門戶却也相當與探春到也相配但是我並未帶家眷只可寫字與他商議正在躊躇只見門上傳進一角文書是議取到省會議事件賈政只得收拾上省候節度派委一日在公館閑坐見棹上堆著一堆字紙賈政一一看去見刑部一本為報明事會看得金陵籍行商薛蟠賈政便吃驚道了不得已經提本了隨用心

看下去是薛蟠毆傷張三身死串囑屍証揑供誤殺一案賈政一拍棹道完了只得又看底下是據京營節度使咨稱緣薛蟠籍隸金陵行過太平縣在李家店歇宿與店內當槽之張三素不相認於某年月日薛蟠令店主備酒邀請太平縣民吳良同飲令當槽張三取酒因酒不甘薛蟠令換好酒張三因稱酒已沽定難換薛蟠因伊撅強將酒照臉潑去不期去勢甚猛恰值張三低頭拾箸一時失手將酒碗擲在張三顖門皮破血出逾時殞命李店主趋救不及隨向張三之母告知伊母張王氏往看見已身死隨喊禀地保赴縣呈報前署縣詣驗仵作將骨破一寸三分及腰眼一傷漏報塡格詳府審轉看得薛蟠實係潑

酒失手擲碗誤傷張三身死將薛蟠照過失殺人准鬪殺罪收贖等因前來臣等細閱各犯証屍親前後供詞不符且查鬪殺律註云相爭爲鬪相打爲毆必實無爭鬪情形邂逅身死方可以過失殺定擬應令該節度審明實情妥擬具題今據該節度疏稱薛蟠因張三不肯換酒醉後拉着張三右手先毆腰眼一拳張三被毆回罵薛蟠將碗擲出致傷顖門深重骨碎腦破立時殞命是張三之死實由薛蟠以酒碗砸傷深重致死自應以薛蟠擬抵將薛蟠依鬪殺律擬絞監候吳良擬以杖徒承審不實之府州縣應請以下註着此稿未完賈政因薛姨媽之托曾托過知縣若請旨革審起來牽連着自己好不放心卽將下一

本開看偏又不是只好翻來覆去將報看完終沒有接這一本的心中狐疑不定更加害怕起來正在納悶只見李十兒進來請老爺到官廳伺候去大人衙門已經打了二鼓了賈政只是發怔沒有聽見李十兒又請一遍賈政道這便怎麼處李十兒道老爺有什麼心事賈政將看報之事說了一遍李十兒道老爺放心若是部裡這麼辦了還算便宜薛大爺呢奴才在京的時候聽見薛大爺在店裡叫了好些媳婦都喝醉了生事直把個當槽兒的活活打死的奴才聽見不但是托了知縣還求璉二爺去花了好些錢各衙門打通了纔提的不知道怎麼部裡沒有弄明白如今就是鬧破了也是官官相護的不過認個承審不實革職處分罷那裡還肯認得銀子聽情呢老爺不用想等奴才再打聽罷不要誤了上司的事賈政道你們那裡知道只可惜那知縣聽了一個情把這個官都丟了還不知道有罪沒有呢李十兒道如今想他也無益外頭伺候着好半天了請老爺就去罷賈政不知節度傳辦何事且聽下回分解

紅樓夢第九十九回終

紅樓夢第一百囘

破好事香菱結深恨　悲遠嫁寶玉感離情

話說賈政去見了節度進去了半日不見出來外頭議論不一李十兒在外也打聽不出什麽事來便想到報上的飢荒實在也着急好容易聽見賈政出來便迎上來跟着等不得囘去在無人處便問老爺進去這半天有什麽要緊的事賈政笑道並沒有事只爲鎮海總制是這位大人的親戚有書來囑托照應我所以說了些好話又說我們如今也是親戚了李十兒聽得心內喜歡不免又壯了些胆子便竭力慫恿賈政許這親事賈政心想薛蟠的事到底有什麽罣碍在外頭信息不早難以打

點故囘到本任來便打發家人進京打聽順便將總制求親之事囘明賈母如若願意卽將三姑娘接到任所家人奉命赶到京中囘明了王夫人便在吏部打聽得賈政並無處分惟將署太平縣的這位老爺革職卽寫了禀帖安慰了賈政然後住着等信且說薛姨媽爲着薛蟠這件人命官司各衙門內不知花了多少銀錢纔定了誤殺具題原打量將當舖折變給人備銀贖罪不想刑部駁審又托人花了好些錢總不中用依舊定了個死罪監着守候秋天大審薛姨媽又氣又疼日夜啼哭寶釵雖時常過來勸解說是哥哥本來沒造化承受了祖父這些家業就該安安頓頓的守着過日子在南邊已經鬧的不像樣便

是香菱那件事情就了不得因爲丈着親戚們的勢力花了些銀錢這算白打死了一個公子哥哥就該改過做起正經人來也該奉養母親纔是不想進了京仍是這樣媽媽爲他不知受了多少氣哭掉了多少眼淚給他娶了親原想大家安安逸逸的過日子不想命該如此偏偏娶的嫂子又是一個不安靜的所以哥哥躲出門的真正俗語說的寃家路兒狹不多几天就鬧出人命來了媽媽和二哥哥也筭不得不盡心的了花了銀錢不算自已還求三拜四的謀幹無奈命裡應該也筭自作自受大凡養兒女是爲着老來有靠便自小戶人家還要掙一碗飯養活母親那裡有將現成的鬧光了反害的老人家哭的死

去活來的不是我說哥哥的這樣行爲不是兒子竟是個寃家對頭媽媽再不明白明哭到夜夜哭到明又受嫂子的氣我呢又不能常在這裡勸解我看見媽媽這樣那裡放得下心他雖說是傻也不肯叫我囬去前兒老爺打發人囬來說看見京報唬的了不得所以纔叫人來打點的我想哥哥鬧了事擔心的人也不少幸虧我還是在跟前的一樣若是離鄉調遠聽見了這個信只怕我想媽媽也就想殺了我求媽媽暫且養養神趁哥哥的活口現在問問各處的賬目人家該偺們的偺們該人家的亦該請個舊夥計來筭一筭看看還有几個錢沒有薛姨媽哭着說道這几天爲鬧你哥哥的事你來了不是你勸我便

是我告訴你衙門的事你還不知道京裡的官商名字已經退了兩個當鋪已經給了人家銀子早拿來使完了還有一個當鋪管事的逃了虧空了好几千兩銀子也夾在裡頭打官司你二哥哥天天在外頭要賬料着京裡的賬已經去了几萬銀子只好拿南邊公分裡銀子並住房折變纔殼前兩天還聽見一個荒信說是南邊的公當鋪也因為拼了本兒收了若是這麼着你娘的命可就活不成的了說着又大哭起來寶釵也哭着勸道銀錢的事媽媽操心也不中用還有二哥哥給我們料理單可恨這些夥計們見偺們的勢頭兒敗了各自奔各自的去也罷了我還聽見說帮着人家來擠我們的訛頭可見我哥哥

活了這麼大交的人總不過是些個酒肉弟兄急難中是一個沒有的媽媽若是疼我聽我的話有年紀的人自己保重些媽媽這一輩子想來還不致挨凍受餓家裡這點子衣裳傢伙只好聽憑嫂子去那是沒法兒的了所有的家人婆子瞧他們也沒心在這裡該去的叫他們去就可憐香菱苦了一輩子只好跟着媽媽過去實在短什麼我要是有的還可以拿些個來料我們那個也沒有不依的就是襲姑娘也是心術正道的他聽見我哥哥的事他到提起媽媽來就哭我們那一個還道是沒事的所以不大着急若聽見了也是要唬個半死兒的薛姨媽不等說完便說好姑娘你可別告訴他他為一個林姑娘几乎

沒要了命如今纔好了些要是他急出個原故來不但你添一層煩惱我越發沒了依靠了寶釵道我也是這麼想所以總沒告訴他正說着只聽見金桂跑來外間屋裡哭喊道我的命是不要的了男人呢已經是沒有活的分兒了咱們如今索性鬧一鬧大夥兒到法場上去拚一拚說着便將頭往隔斷板上亂撞撞的披頭散髮氣得薛姨媽白瞪着兩隻眼一句話也說不出來還虧得寶釵嫂子長嫂子短好一句歹一句的勸他金桂道姑奶奶如今你是比不得頭裡的了你兩口兒好好的過日子我是個单身人兒要臉做什麼說着便要跑到街上回娘家去虧得人還多扯住了又勸了半天方住把個寶琴唬的再不

敢見他若是薛蝌在家他便抹粉施脂描眉畫鬢奇情異致的打扮收拾起來不時打從薛蝌住房前過或故意咳嗽一聲或明知薛蝌在屋特問房裡何人有時遇見薛蝌他便妖妖喬喬嬌嬌痴痴的問問寒熱忽喜忽嗔了頭們看見都赶忙躲開他自已也不覺得只是一意一心要弄得薛蝌感情時好行寶蟬之計那薛蝌却止躲着有時遇見也不敢不周旋一二只怕他撒潑放刁的意思更加金桂一則為色迷心越瞧越愛越想越幻那裡還看得出薛蝌的真假來只有一宗他見薛蝌有什麼東西都是托香菱收着衣服縫洗也是香菱兩個人偶然說話他來了急忙散開一發動了一個醋字欲待發作薛蝌却是捨

不得只得將一腔隱恨都擱在香菱身上却又恐怕鬧了香菱得罪了薛蝌倒弄得隱忍不發一日寶蟾走來笑嘻嘻的向金桂道奶奶看見了二爺沒有金桂道沒有寶蟾笑道我說二爺的那種假正經是信不得的咱們前日送了酒去他說不會喝剛纔我見他到太太那屋裡去那臉上紅撲撲兒的一臉酒氣奶奶不信回來只在咱們院門口等他他打那邊過來時奶奶叫住他問問看他說什麼金桂聽了一心的怒氣便道他那裡就出來了呢他既無情義問他說什麼寶蟾道奶奶又迂了他好說咱們也好說他不好說咱們再另打主意金桂聽着有理因叫寶蟾瞧着他看他出去了寶蟾答應着出來金桂却去打

開鏡奩又照了一照把嘴唇兒又抹了一抹然後拿一條灑花絹子纔要出來又似忘了什麼的心裡倒不知怎麼是好了只聽寶蟾外面說道二爺今日高興呵那裡喝了酒來了金桂聽了明知是叫他出來的意思連忙掀起簾子出來只見薛蝌和寶蟾說道今日是張大爺的好日子所以被他們強不過吃了半鍾到這時候臉還發燒呢一句話沒說完金桂早接口道自然人家外人的酒比咱們自己家裡的酒是有趣兒的薛蝌被他拿話一激臉越紅了連忙走過來陪笑道嫂子說那裡的話寶蟾見他二人交談便躲到屋裡去了這金桂初時原要假意發作薛蝌兩句無奈一見他兩頰微紅雙眸帶澁別有一種謹

愿可憐之意早把自已那驕悍之氣感化到爪窪國去了因笑說道這麽說你的酒是硬強着纔肯喝的呢薛蝌道我那裡喝得來金桂道不喝也好强如像你哥哥喝出亂子來明兒娶了你們奶奶兒像我這樣守活寡受孤单呢說到這裡兩個眼巳經乜斜了兩腮上也覺紅暈了薛蝌見這話越發邪僻了打算着要走金桂也看出來了那裡容得早已走過來一把拉住薛蝌急了道嫂子放尊重些說着渾身亂顫金桂索性老着臉道你只管進來我和你說一句要緊的話正鬧着忽聽背後一個人叫道奶奶香菱來了把金桂唬了一跳囘頭瞧時却是寳蟾掀着簾子看他二人的光景一抬頭見香菱從那邊來了趕忙

知會金桂金桂這一驚不小手已鬆了薛蝌得便脫身跑了那香菱正走着原不理會忽聽寳蟾一嚷纔瞧見金桂在那裡拉住薛蝌往裡死拽香菱却唬的心頭亂跳自已連忙轉身囘去這裡金桂早已連嚇帶氣獃獃的瞅着薛蝌去了怔了半天恨了一聲自已掃興歸房從此把香菱恨入骨髓那香菱本是要到寳琴那裡剛走出腰門看見這般嚇囘去了是日寳釵在賈母屋裡聽得王夫人告訴老太太要聘探春一事賈母說道既是同鄉的人很好只是聽見說那孩子到過我們家裡怎麽你老爺没有提起王夫人道連我們也不知道賈母道好便好但是道兒太遠雖然老爺在那裡倘或將來老爺調任可不是我

們孩子太單了嗎王夫人道兩家都是做官的也是拿不定或者那邊還調進來即不然終有個葉落歸根况且老爺既在那裡做官上司已經說了好意思不給麽想來老爺的主意定了只是不敢做主故遣人來回老太太的賈母道你們願意更好但是三丫頭這一去了不知三年兩年那邊可能回家若再遲了恐怕我趕不上再見他一面了說着掉下淚來王夫人道孩子們大了少不得總要給人家的就是本鄉本土的人除非不做官還使得若是做官的誰保得住總在一處只要孩子們有造化就好譬如迎姑娘倒配得近呢偏是時常聽見他被女壻打鬧甚至不給飯吃就是我們送了東西去他也摸不着近來

聽見益發不好了也不放他回來兩口子拌起來就說偺們使了他家的銀錢可憐這孩子總不得個出頭的日子前兒我惦記他打發人去瞧他迎丫頭藏在耳房裡不肯出來老婆子們必要進去看見我們姑娘這樣冷天還穿着几件舊衣裳他一包眼淚的告訴婆子們說回去別說我這麽苦這也是命裡所招也不用送什麽衣服東西來不但摸不着反要添一頓打說是我告訴的老太太想想這倒是近處眼見的若不好更難受倒虧了大太太也不理會他大老爺也不出個頭如今迎姑娘實在比我們三等使喚的丫頭還不如我想探丫頭雖不是我養的老爺既看見過女壻定然是好纔許的只請老太太示下

擇個好日子多派几個人送到他老爺任上該怎麼着老爺也不肯將就賈母道有他老子作主你就料理妥當揀個長行的日子送去也就定了一件事王夫人答應着是寶釵聽得明白也不敢則聲只是心裡叫苦我們家裡姑娘們就算他是個尖兒如今又要遠嫁眼看着這裡的人一天少似一天了見王夫人起身告辭出去他也送了出來一逕回到自己房中並不與寶玉說話見襲人獨自一個做活便將聽見的話說了襲人也狠不受用却說趙姨娘聽見探春這事反歡喜起來心裡說道我這個丫頭在家忒瞧不起我我何從還是個娘比他的丫頭還不濟况且洑上水護着別人他擋在頭裡連環兒也不得出

頭如今老爺接了去我倒干淨想要他孝敬我不能彀了只願意他像迎丫頭似的我也稱稱願一面想着一面跑到探春那邊與他道喜說姑娘你是要高飛的人了到了姑爺那邊自然比家裡還好想來你也是願意的便是養了你一場並沒有借你的光兒就是我有七分不好也有三分的好揔不要一去了把我擱在腦杓子後頭探春聽着毫無道理只低頭作活一句也不言語趙姨娘見他不理氣忿忿的自己去了這裡探春又氣又笑又傷心也不過自已掉淚而已坐了一回悶悶的走到寶玉這邊來寶玉因問道三妹妹我聽見林妹妹死的時候你在那裡來着我還聽見說林妹妹死的時候遠遠的有音樂之

聲或者他是有來歷的也未可知探春笑道那是你心裡想着罷了秪是那夜却怪不似人家鼓樂之音你的話或者也是寶玉聽了更以為實又想前日自已神魂飄蕩之時曾見一人說是黛玉生不同人死不同鬼必是那裡的仙子臨凡忽又想起那年唱戲做的嫦娥飄飄艷艷何等風致過了一回探春去了因必要紫鵑過來立刻回了賈母去叫他無奈紫鵑心裡不願意雖經賈母王夫人派了過來也就沒法只是在寶玉跟前不是噯聲就是嘆氣的寶玉背地裡拉着他低聲下氣要問黛玉的話紫鵑從沒好話回答寶釵倒背地裡誇他有忠心並不嗔怪他那雪雁雖是寶玉娶親這夜出過力的寶釵見他心地不甚明白便回了賈母王夫人將他配了一個小厮各自過活去了王奶媽養着他將來好送黛玉的靈柩回南鸚哥等小丫頭仍伏侍了老太太寶玉本想念黛玉因此及彼又想跟黛玉的人已經雲散更加納悶悶到無可如何忽又想黛玉死得這樣清楚必是離凡返仙去了反又歡喜忽然聽見襲人和寶釵那裡講究探春出嫁之事寶玉聽了啊呀的一聲哭倒在炕上唬得寶釵襲人都來扶起說怎麼了寶玉早哭的說不出來定了一回子神說道這日子過不得了我姊妹們都一個一個的散了林妹妹是成了仙去了大姐姐呢已經死了這也罷了沒天天在一塊二姐姐呢碰着了一個混賬不堪的東西三妹妹又

要遠嫁總不得見的了史妹妹又不知要到那裡去薛妹妹是有了人家的這些姐姐妹妹難道一個都不留在家裡单留我做什麼襲人忙又拿話解勸寳釵擺着手說你不用勸他讓我來問他因問着寳玉道據你的心裡要這些姐妹都在家裡陪到你老了都不要爲終身的事嗎若說別人或者還有別的想頭你自已的姐姐妹妹不用說沒有遠嫁的就是有老爺作主你有什麼法兒打量天下獨是你一個人愛姐姐妹妹呢若是都像你就連我也不能陪你了大凡人念書原爲的是明理怎麼你益發糊塗了這麼說起來我同襲姑娘各自一邊兒去讓你把姐姐妹妹們都邀了來守着你寳玉聽了兩隻手拉住寳

釵襲人道我也知道爲什麼散的這麼早呢等我化了灰的時候再散也不遲襲人掩着他的嘴道又胡說纔這兩天身上好些二奶奶纔吃些飯若是你又鬧翻了我也不管了寳玉慢慢的聽他兩個人說話都有道理只是心上不知道怎樣纔好只得强說道我却明白但只是心裡鬧得慌寳釵也不理他暗叫襲人快把定心丸給他吃了慢慢的開導他襲人便欲告訴探春說臨行不必來辭寳釵道這怕什麼等消停幾日待他心裏明白還要叫他們多說句話兒呢況且三姑娘是極明白的人不像那些假惺惺的人少不得有一番箴諫他已後便不是這樣了正說着賈母那邊打發過鴛鴦來說知道寳玉舊病又發

叫襲人勸說安慰叫他不要胡思亂想襲人等應了鴛鴦坐了一會子去了那賈母又想起探春遠行雖不備粧奩其一應動用之物俱該預備便把鳳姐叫來將老爺的主意告訴了一遍即叫他料理去鳳姐答應不知怎麼辦理下回分解

紅樓夢第一百回終

紅樓夢第一百一回

大觀園月夜感幽魂　散花寺神籤驚異兆

却說鳳姐回至房中見賈璉尚未回來便分派那管辦探春行粧奩事的一干人那天已有黃昏已後因忽然想起探春來要瞧瞧他去便叫豐兒與兩個丫頭跟着頭裡一個丫頭打着燈籠走出門來見月光已上照耀如水鳳姐便命打燈籠的回去罷因而走至茶房牕下聽見裡面有人嘁嘁喳喳的又似哭又似笑又似議論什麼的鳳姐知道不過是家下婆子們又不知搬什麼是非心內大不受用便命小紅進去粧做無心的樣子細細打聽着用話套出原委來小紅答應着去了鳳姐只帶着

豐兒來至園門前門尚未關只虛虛的掩着于是主僕二人方推門進去只見園中月色比着外面更覺明朗滿地下重重樹影杳無人聲甚是淒凉寂靜剛欲往秋爽齋這條路來只聽唿的一聲風過吹的那樹枝上落葉滿園中唰喇喇的作響枝稍上吱嘍嘍發哨將那些寒鴉宿鳥都驚飛起來鳳姐吃了酒被風一吹只覺身上發噤起來那豐兒也把頭一縮說好冷鳳姐也掌不住便叫豐兒快回去把那件銀鼠坎肩兒拿來我在三姑娘那裡等着豐兒巴不得一聲也要回去穿衣裳來答應了一聲回頭就跑了鳳姐剛舉步走了不遠只覺身後咈咈哧哧似有聞嗅之聲不覺頭髮森然豎了起來由不得回頭一看只

見黑油油一個東西在後面伸着鼻子聞他呢那兩隻眼睛恰似燈光一般鳳姐嚇的魂不附體不覺失聲的咳了一聲却是一隻大狗那狗抽頭回身拖着一個掃帚尾巴一氣跑上大土山上方站住了回身猶向鳳姐拱爪兒鳳姐兒此時心跳神移急急的向秋爽齋來已將來至門口方轉過山子只見迎面有一個人影兒一恍鳳姐心中疑惑心裡想着必是那一房裡的丫頭便問是誰問了兩聲並沒有人出來已經嚇得神魂飄蕩恍恍忽忽的似乎背後有人說道嬸娘連我也不認得了鳳姐忙回頭一看只見這人形容俊俏衣履風流十分眼熟只是想不起是那房那屋裡的媳婦來只聽那人又說道嬸娘只管享

榮華受富貴的心盛把我那年說的立萬年永遠之基都付于東洋大海了鳳姐聽說低頭尋思總想不起那人冷笑道嬸娘那時怎樣疼我了如今就忘在九霄雲外了鳳姐聽了此時方想起來是賈蓉的先妻秦氏便說道噯呀你是死了的人哪怎麼跑到這裡來了呢啐了一口方轉回身腳下不妨一塊石頭絆了一跤猶如夢醒一般渾身汗如雨下雖然毛髮悚然心中却也明白只見小紅豐兒影影綽綽的來了鳳姐恐怕落人的褒貶連忙爬起來說道你們做什麼呢去了這半天快拿來我穿上罷一面豐兒走至跟前伏侍穿上小紅過來攙扶鳳姐道我纔到那裡他們都睡了咱們回去罷一面說一面帶了兩個

了頭急急忙忙回到家中賈璉已回來了只是見他臉上神色更變不似往常待要問他又知他素日性格不敢突然相問只得睡了至次日五更賈璉就起來要往總裡內庭都檢點太監裘世安家來打聽事務因太早了見桌上有昨日送來的抄報便拿起來閒看第一件是雲南節度使王忠一本新獲了一起私帶神鎗火藥出邊事共有十八名人犯頭一名鮑音口稱係太師鎮國公賈化家人第二件蘇州刺史李孝一本叅劾縱放家奴倚勢凌辱軍民以致因姦不遂殺死節婦一家人命三口事兇犯姓時名福自稱係世襲三等職衔賈範家人賈璉看見這兩件心中早又不自在起來待要看第三件又恐遲了不能

見裘世安的面因此急急的穿了衣服也等不得吃東西恰好平兒端上茶來喝了兩口便出來騎馬走了平兒在房內收拾換下的衣服此時鳳姐向未起來平兒因說道今兒夜裡我聽着奶奶沒睡什麼覺我這會子替奶奶搥着好生打個盹兒罷鳳姐半日不言語平兒料着這意思是了便爬上炕来坐在身邊輕輕的搥着纔搥了幾拳那鳳姐剛有要睡之意只聽那邊大姐兒哭了鳳姐又將眼睜開平兒連向那邊叫道李媽你到底是怎麼着姐兒哭了你到底拍着他些你也忒好睡了那邊李媽從夢中驚醒聽得平兒如此說心中沒好氣只得狠命拍了幾下口裡嘟嘟噥噥的駡道真真的小短命鬼兒放着屍不

挺三更半夜嚎你娘的喪一面說一面咬牙便向那孩子身上摔了一把那孩子哇的一聲大哭起來了鳳姐聽見說了不得你聽聽他該挫磨孩子了你過去把那黑心的養漢老婆下死勁的打他幾下子把妞妞抱過來平兒笑道奶奶別生氣他那裡敢挫磨姐兒只怕是不隄防錯磞了一下子也是有的這會子打他幾下子沒要緊明兒叫他們背地裡嚼舌根倒說三更半夜打人鳳姐聽了半日不言語長嘆一聲說道你瞧瞧這會子不是我十旺入旺的呢明兒我要是死了剩下這小孽障還不知怎麼樣呢平兒笑道奶奶這怎麼說大五更的何苦來呢鳳姐冷笑道你那裡知道我是早已明白了我也不久了雖然

活了二十五歲人家沒見的也見了沒吃的也吃了也算全了所以世上有的也都有了氣也算賭盡了強也算爭足了就是壽字兒上頭缺一點兒也罷了平兒聽說由不的滾下淚來鳳姐笑道你這會子不用假慈悲我死了你們只有歡喜的你們一心一計和和氣氣的省得我是你們眼裡的刺是的只有一件你們知好歹只疼我那孩子就是了平兒聽說這話越發哭的淚人是的鳳姐笑道別扯你娘的臊了那裡就死了呢哭的那麼痛我不死還叫你哭死了呢平兒聽說連忙止住哭道奶奶說得這麼傷心一面說一面又捶半日不言語鳳姐又矇矓睡去平兒方下炕來要去只聽外面脚步響誰知賈璉去遲了

那裘世安已經上朝去了不遇而回心中正没好氣進來就問
平兒道那些人還没起來呢麼平兒回說没有呢賈璉一路摔
簾子進來冷笑道好好這會子還都不起來安心打擂臺打撒
手兒一叠聲又要吃茶平兒忙倒了一碗茶来原来那些丫頭
老婆見賈璉出了門又復睡了不打諒這會子回來原不曾預
備平兒便把溫過的拿了來賈璉生氣舉起碗來嘩啷一聲摔
了個粉碎鳳姐驚醒嚇了一身冷汗噯喲一聲睜開眼只見賈
璉氣狠狠的坐在傍邊平兒彎着腰拾碗片子呢鳳姐道你怎
麼就回来了問了一聲半日不答應只得又問一聲賈璉嚷道
你不要我回來叫我死在外頭罷鳳姐笑道這又是何苦來呢

常時我見你不像今兒回來的快問你一聲也没什麼生氣的
賈璉又嚷道又没遇見怎麼不快回來呢鳳姐笑道没有遇見
少不得奈煩些明兒再去早些兒自然遇見了賈璉嚷道我可
不吃着自已的飯替人家赶獐子呢我這裡一大堆的事没個
動秤兒的没來由爲人家的事瞎鬧了這些日子當什麼呢正
經那有事的人還在家裡受用死活不知還聽見說要鑼鼓喧
天的擺酒唱戲做生日呢我可瞎跑他娘的腿子一面說一面
往地下啐了一口又罵平兒鳳姐聽了氣的乾咽要和他分証
想了一想又忍住了勉强陪笑道何苦来生這麼大氣大清早
起和我叫喊什麼誰叫你應了人家的事你既應了就得耐煩

些少不得替人家辦辦也沒見這個人自巳有爲難的事還有心腸唱戲擺酒的鬧賈璉道你可說麽你明兒道也問問他鳳姐咤異道問誰賈璉道問誰問你哥哥鳳姐道是他嗎賈璉道可不是他還有誰呢鳳姐忙問道他又有什麽事叫你替他跑賈璉道你還在鐔子裡呢鳳姐道真真這就奇了我連一個字兒也不知道賈璉道你怎麽能知道呢這個事連太太和姨太太還不知道呢頭一件怕太太和姨太太不放心二則你身上又常嚷不好所以我在外頭壓住了不叫裡頭知道的說起來真真可人惱你今兒不問我我也不便告訴你你打諒你哥哥行事像個人呢你知道外頭人都叫他什麽鳳姐道叫他什麽

賈璉道叫他什麽叫他忘仁鳳姐撲哧的一笑他可不叫王仁叫什麽呢賈璉道你打諒那個王仁嗎是忘了仁義禮智信的那個忘仁哪鳳姐道這是什麽人這麽刻薄嘴兒遭塌人賈璉道不是遭塌他嗎今兒索性告訴你你也得知道知道你那哥哥的好處到底知道他給他二叔做生日呵鳳姐想了一想道嗳喲可是呵我還忘了問你二叔不是冬天的生日嗎我記得年年都是寶玉去前者老爺陞了二叔那邊送過戲來我還偷偷兒的說二叔爲人是最嗇刻的比不得大舅太爺他們各自家裡還烏眼雞是的不麽昨兒大舅太爺沒了你瞧他是個兄弟他還出了個頭兒攬了個事兒嗎所以那一天說起他的生

日偺們還他一班子戲省了親戚跟前落虧欠如今這麽早就做生日也不知是什麽意思賈璉道你還作夢呢他一到京接着舅太爺的首尾就開了一個弔他怕偺們知道攔他所以沒告訴偺們弄了好幾千銀子後來二舅嗔着他說他不該一網打盡他吃不住了變了個法子就指着你們二叔的生日撒了個網想着再弄幾個錢好打點二舅太爺不生氣也不管親戚朋友冬天夏天的人家知道不知道這麽丟臉你知道我起早爲什麽這如今因海疆的事情御史參了一本說是大舅太爺的虧空本員已故應着落其弟王子勝侄王仁賠補爺兒兩個急了找了我給他們托人情我見他們嚇的那麽個樣兒再者

又關係太太和你我纔應了想着找找總理內庭都檢點老裘替辦辦或者前任後任挪移挪移偏又去晚了他進裡頭去了我白起來跑了一輛他們家裡還那裡定戲擺酒呢你說說叫人生氣不生氣鳳姐聽了纔知王仁所行如此但他素性要強護短聽賈璉如此說便道憑他怎麽樣倒底是你的親大舅兒再者這件事死的大太爺活的二叔都感激你罷了沒什麽說的我們家的事少不得我低三下四的求你了省的帶累別人受氣背地裡罵我說着眼淚早流下來掀開被窩一面坐起來一面挽頭髮一面披衣裳賈璉道你倒不用這麽着是你哥哥不是人我並沒說你呀况且我出去了你身上又不好我都起

來了他們還睡覺偺們老輩子有這個規矩麽你如今作好好先生不管事了我說了一句你就起來明兒我要嫌這些人難道你都替了他們麽好沒意思啊鳳姐聽了這些話纔把淚止住了說道天呢不早了我也該起來了你有這麽說的你替他們家在心的辦辦那就是你的情分了再者也不光爲我就是太太聽見也喜歡賈璉道是了知道了大蘿卜還用屎澆平兒道奶奶這麽早起來做什麽那一天奶奶不是起來有一定的時候兒呢爺也不知是那裡的邪火拿着我們出氣何苦來呢奶奶也算替爺挣彀了那一點兒不是奶奶擋頭陣不是我說爺把現成兒的也不知吃了多少這會子替奶奶辦了一點子

事就關會着好幾層兒呢就是這麽拿糖作醋的起來也不怕人家寒心况且這也不單是奶奶的事呀我們起遲了原該爺生氣左右到底是奴才呀奶奶跟前儘着身子累的成了個病包兒了這是何苦來呢說着自已的眼圈兒也紅了那賈璉本是一肚子悶氣那裡見得這一對嬌妻美妾又尖利又柔情的話呢便笑道彀了算了罷他一個人就彀使的了不用你幫着左右我是外人多早晚我死了你們就清淨了鳳姐道你也別說那個話誰知道誰怎麽樣呢你不死我還死呢早死一天早心淨說着又哭起來平兒只得又勸了一回那時天已大亮日影横窗賈璉也不便再說站起來出去了這裡鳳姐自已起來

正在梳洗忽見王夫人那邊小丫頭過來道太太說了叫問二奶奶今日過太舅爺那邊去不去要去說叫二奶奶同着寶二奶奶一路去呢鳳姐因方纔一段話已經灰心喪意恨娘家不給爭氣又兼昨夜園中受了那一驚也實在沒精神便說道你先回太太去我還有一兩件事沒辦清今日不能去况且他們那又不是什麼正經事寶二奶奶要去各自去罷小丫頭答應着回去回覆了不在話下且說鳳姐梳了頭換了衣服想了想雖然自已不去也該帶個信兒再者寶釵還是新媳婦出門子自然要過去照應照應的于是見過王夫人支吾了一件事便過來到寶玉房中只見寶玉穿着衣服歪在炕上兩個眼睛獃

獃的看寶釵梳頭鳳姐站在門口還是寶釵一回頭看見了連忙起身讓坐寶玉也爬起來鳳姐纔笑嘻嘻的坐下寶釵因說麝月道你們瞧着二奶奶進來也不言語聲兒麝月笑着道二奶奶頭裡進來就擺手兒不叫言語麼鳳姐因向寶玉道你還不走等什麼呢沒見這麼大人了還是這麼小孩子氣的人家各自梳頭你爬在傍邊看什麼成日家一塊子在屋裡還看不彀也不怕丫頭們笑話說着哧的一笑又瞅着他咂嘴兒寶玉雖也有些不好意思還不理會把個寶釵直臊的滿臉飛紅又不好聽着又不好說什麼只見襲人端過茶來只得搭訕着自已遞了一袋烟鳳姐兒笑着站起來接了道二妹妹你別管我

們的事你快穿衣服罷寶玉一面也搭赸着找這個弄那個鳳姐道你先去罷那裡有個爺們等着奶奶們一塊兒走的理呢寶玉道我只是嫌我這衣裳不大好不如前年穿着老太太給的那件金雀泥好鳳姐因慪他道你爲什麼不穿寶玉道穿着太早些鳳姐忽然想起自悔失言幸虧寶釵也和王家是內親只是那些丫頭們跟前已經不好意思了襲人却接着說道二奶奶還不知道呢就是穿得他也不穿了鳳姐兒道這是什麼原故襲人道告訴二奶奶真真是我們這位爺的行事都是天外飛來的那一年因二舅太爺的生日老太太給了他這件衣裳雖知那一天就燒了我媽病重了我沒在家那時候還有晴

雯妹妹呢聽見說病着整給他了一夜第二天老太太纔沒瞧出來呢去年那一天上學天冷我叫焙茗拿了去給他披披誰知道這位爺見了這件衣裳想起晴雯來了說了總不穿了叫我給他收一輩子呢鳳姐不等說完便道你提晴雯可惜了兒的那孩子模樣兒手兒都好就只嘴頭子利害些偏偏兒的太太不知聽了那裡的謠言活活兒的把個小命兒要了還有一件事那一天我瞧見厨房裡柳家的女人他女孩兒叫什麼五兒那丫頭長的和晴雯脫了個影兒是的我心裡要叫他進來後來我問他媽他媽說是很願意我想着寶二爺屋裡的小紅跟了我去我還沒還他呢就把五兒補過來平兒說太太那一天

說了凡像那個樣兒的都不叫派到寶二爺屋裡呢我所以也就擱下了這如今寶二爺也成了家了還怕什麽呢不如我就叫他進來可不知寶二爺願意不願意要想着睄雯只睄見這五兒就是了寶玉本要走聽見這些話已獃了襲人道為什麽不願意早就要弄了來的只是因為太太的話說的結實罷了鳳姐道那麽着明兒我就叫他進來太太的跟前有我呢寶玉聽了喜不自勝纔走到賈母那邊去了這裏寶釵穿衣服鳳姐兒看他兩口兒這般恩愛纏綿想起賈璉方纔那種光景好不傷心坐不住便起身向寶釵笑道我和你向太太屋裡去罷笑着出了房門一同來見賈母寶玉正在那裡回賈母往舅舅家去賈母點頭說道去罷只是少吃酒早些回來你身子纔好些寶玉答應着出來剛走到院內又轉身回來向寶釵耳邊說了几句不知什麽寶釵笑道是了你快去罷將寶玉催着去了這賈母和鳳姐寶釵說了沒三句話只見秋紋進來傳說二爺打發焙茗轉來說請二奶奶寶釵說道他又忘了什麽又叫他回來秋紋道我叫小丫頭問了焙茗說是二爺忘了一句話二爺叫我回來告訴二奶奶若是去呢快些來罷若不去呢別在風地裡站着說的賈母鳳姐並地下站着的衆老婆子丫頭都笑了寶釵飛紅了臉把秋紋啐了一口說道好個糊塗東西這也值得這樣慌慌張張跑了來說秋紋也笑着回去叫小丫頭去

罵㨪著那㨪著一面跑着一面回頭說道二爺把我巴巴的叫下馬來叫回來說的我若不說回來對出來又罵我了這會子說了他們又罵我那了頭笑着跑回來說了賈母向寶釵道你去罷省的他這麼記掛說的寶釵站不住纔走了又被鳳姐謳他頑笑正没好意思只見散花寺的姑子大了來了給賈母請安見過了鳳姐坐着吃茶賈母因問他這一向怎麼不來大了道因這几日廟中作好事有几位誥命夫人不時在廟裡起坐所以不得空兒來今日特来問老祖宗明兒還有一家作好事不知老祖宗高興不高興若高興也去隨喜隨喜賈母便問做什麼好事大了道前月爲王夫人府裡不干净見神見鬼的偏生那太太夜間又看見去世的老爺因此昨日在我廟裡告訴

我要在散花菩薩跟前許願燒香做四十九天的水陸道場保佑家口安寧亡者昇天生者護福所以我不得空兒來請老太太的却說鳳姐素日最厭惡這些事的自從昨夜見鬼心中揔只是疑疑惑惑的如今聽了大了這些話不覺把素日的心性改了一半已有三分信意便問大了道這散花菩薩是誰他怎麼就能避邪除鬼呢大了見問便知他有些信意便說道奶奶今日問我讓我告訴奶奶知道這個散花菩薩來歷根基不淺道行非常生在西天大樹國中父母打柴爲生養下菩薩來頭長三角眼横四目身長三尺兩手拖地父母說這是妖精便棄

在氷山之後了誰知這山上有一個得道的老猢猻出来打食看見菩薩頂上白氣冲天虎狠遠避知道来歷非常便抱回洞中撫養誰知菩薩帶了來的聰慧禪也會談與猢猻天天談道恭禪說的天花散漫繽紛至一千年後飛昇了至今山上猶見談經之處天花散漫所求必靈時常顯聖救人苦厄因此世人纔盖了廟塑了像供奉鳳姐道這有什麼憑據呢大了道奶奶又來搬駁了一個佛爺可有什麼憑據呢就是撒謊也不過哄一兩個人罷咧難道古往今來多少明白人都被他哄了不成奶奶只想惟有佛家香火歷來不絕他到底是祝國祝民有些靈驗人纔信服鳳姐聽了大有道理因道旣這麼我明兒去試試你廟裡可有籤我去求一籤我心裡的事籤上批的出批的出来我從此就信了大了道我們的籤最是靈的明兒奶奶去求一籤就知道了賈母道旣這麼着索性等到後日初一你再去求說着大家吃了茶到王夫人各房裡去請了安回去不提

這裡鳳姐勉强扎挣着到了初一清早令人預備了車馬帶着平兒并許多奴僕來至散花寺大了帶了衆姑子接了進去献茶後便洗手至大殿上焚香那鳳姐兒也無心瞻仰聖像一秉虔誠磕了頭舉起籤筒默默的將那見鬼之事並身體不安等故祝告了一回纔搖了三下只聽唰的一聲筒中攛出一支籤來于是叩頭拾起一看只見寫着第三十三籤上上大吉大了

忙拿籤薄看時只見上面寫着王熙鳳衣錦還鄉鳳姐一見這幾個字吃一大驚驚問大了道古人也有叫王熙鳳的麼大了笑道奶奶最是通今博古的難道漢朝的王熙鳳求官的這一段事也不曉得周瑞家的在傍笑道前年李先兒還說這一回書的我們還告訴他重着奶奶的名字不要叫呢鳳姐笑道可是呢我倒忘了說着又瞧底下的寫的是

去國離鄉二十年　於今衣錦返家園
蜂採百花成蜜後　爲誰辛苦爲誰甜
行人至　音信遲　訟宜和　婚再議

看完也不甚明白大了道奶奶大喜這一籤巧得狠奶奶自幼在這裡長大何曾回南京去了如今老爺放了外任或者接家眷來順便還家奶奶可不是衣錦還鄉了一面說一面抄了個籤經交與丫頭鳳姐也半疑半信的大了擺了齋來鳳姐只動了一動放下了要走又給了香銀大了苦留不住只得讓他走了鳳姐回至家中見了賈母王夫人等問起籤來命人一解都歡喜非常或者老爺果有此心咱們走一趟也好鳳姐兒見人人這麼說也就信了不在話下却說寶玉這一日正睡午覺醒來不見寶釵正要問時只見寶釵進來寶玉問道那裡去了半日不見寶釵笑道我給鳳姐姐瞧一回籤寶玉聽說便問是怎麼樣的寶釵把籤帖念了一回又道家中人人都說好的據我

看這衣錦還鄉四字裡頭還有原故後來再瞧罷了寶玉道你又多疑了妄解聖意衣錦還鄉四字從古至今都知道是好的今見你又偏生看出緣故來了依你說這衣錦還鄉還有什麼別的解說寶釵正要解說只見王夫人那邊打發了頭過來請二奶奶寶釵立刻過去未知何事下回分解

紅樓夢第一百一回終

紅樓夢第一百二回

寧國府骨肉病災祲　大觀園符水驅妖孽

話說王夫人打發人來喚寶釵寶釵連忙過來請了安王夫人道你三妹妹如今要出嫁了只得你們作嫂子的大家開導開導他也是你們姊妹之情况且他也是個明白孩子我看你們兩個也狠合的來只是我聽見說寶玉聽見他三妹妹出門子哭的了不的你也該勸勸他如今我的身子是十病九痛的你二嫂子也是三日好兩日不好你還心地明白些諸事也別說只管吞着不肯得罪人將來這一番家事都是你的擔子寶釵答應着王夫人又說道還有一件事你二嫂子昨兒帶了柳家

媳婦的丫頭來說補在你們屋裡寶釵道今日平兒纔帶過來說是太太和二奶奶的主意王夫人道是呦你二嫂子和我說我想也沒要緊不便駁他的回只是一件我見那孩子眉眼兒上頭也不是個狠安頓的起先為寶玉房裡的丫頭狐狸是的我攆了几個那時候你也知道不然你怎麼搬回家去了呢如今有你自然不比先前了我告訴你不過留點神兒就是了你們屋裡就是襲人那孩子還可以使得寶釵答應了又說了几句話便過來了飯後到了探春那邊自有一番殷勤勸慰之言不必細說次日探春將要起身又來辭寶玉寶玉自然難割難分探春便將綱常大體的話說的寶玉始而低頭不語後來轉

悲作喜似有醒悟之意於是探春放心辭別衆人竟上轎登程水舟車陸而去先前衆姊妹們都住在大觀園中後來賈妃薨後也不修葺到了寶玉娶親林黛玉一死史湘雲回去寶琴在家住着園中人少况兼天氣寒冷李紈姊妹探春惜春等俱挪回舊所到了花朝月夕依舊相約玩耍如今探春一去寶玉病後不出屋門益發没有高興的人了所以園中寂寞只有几家看園的人住着那日尤氏過來送探春起身因天晚省得套車便從前年在園裡開通寧府的那個便門裡走過去了覺得淒凉滿目臺榭依然女墻一帶都種作園地一般心中悵然如有所失因到家中便有些身上發熱扎挣一兩天竟躺倒了日間

的發燒猶可夜裡身熱異常便譫語綿綿賈珍連忙請了大夫看視說感冒起的如今纏經入了足陽明胃經所以譫語不清如有所見有了大穢即可身安尤氏服了兩劑並不稍減更加發起狂來賈珍着急便叫賈蓉來打聽外頭有好醫生再請几位來瞧瞧賈蓉回道前兒這位太醫是最興時的了只怕我母親的病不是藥治得好的賈珍道胡說不吃藥難道由他去罷賈蓉道不是說不治爲的是前日母親從西府去回來是穿着園子裡走來家的一到了家就身上發燒別是撞客着了罷外頭有個毛半仙是南方人卦起的很靈不如請他來占卦占卦看有信兒呢就依着他要是不中用再請別的好大夫來賈珍

聽了卽刻叫人請來坐在書房內喝了茶便說府上叫我不知占什麼事賈蓉道家母有病請教一卦毛半仙道旣如此取淨水洗手設下香案讓我起出一課來看就是了一時下人安排定了他便懷裡掏出卦筒來走到上頭恭恭敬敬的作了一個揖手內搖着卦筒口裡念道伏以太極兩儀絪緼交感圖書出而變化不窮神聖作而誠求必應茲有信官賈某爲因母病虔請伏羲文王周公孔子四大聖人鑒臨在上誠感則靈有凶報凶有吉報吉先請內象三爻說著將筒內的錢倒在盤內說有靈的頭一爻就是交拿起來又搖了一搖倒出來說是单第三爻又是交檢起錢來嘴裡說是內爻已示更請外象三爻完成一卦起出來是单拆单那毛半仙收了卦筒和銅錢便坐下問道請坐請坐讓我來細細的看看這個卦乃是未濟之卦世爻是第三爻午火兄弟刼財悔氣是一定該有的如今尊駕爲母問病用神是初爻眞是父母爻動出官鬼來五爻上又有一層官鬼我看令堂太夫人的病是不輕的還好還好如今子亥之水休囚寅木動而生火世爻上動出一個子孫來倒是尅鬼的况且日月生身再隔兩日子水官鬼落空交到戌日就好了但是父母爻上變鬼恐怕令尊大人也有些關碍就是本身世鬼比刼過重到了水旺土衰的日子也不好說完了便撅着鬍子坐着賈蓉起先聽他搗鬼心裡忍不住要笑聽他講的卦理明

白又說生怕父親也不好便說道卦是極高明的但不知我母親到底是什麼病毛半仙道據這卦上世爻午火變水相尅必是寒火凝結若要斷得清楚揲蓍也不大明白除非用大六壬纔斷得準賈蓉道先生都高明的麽毛半仙道知道些賈蓉便要請教報了一個時辰毛先生便畫了盤子將神將排定算去是戌上白虎這課叫做魄化課大凡白虎乃是凶將乘旺象氣受制便不能爲害如今乘着死神死煞及時令囚死則爲餓虎定是傷人就如魄神受驚消散故名魄化這課象說是人身喪鬼憂患相仍病多喪死訟有憂驚按象有日暮虎臨必定是傍晚得病的象內說凡占此課必定舊宅有伏虎作怪或有形響

如今尊駕爲大人而占正合着虎在陽憂男在陰憂女此課十分凶險呢賈蓉沒有聽完唬得面上失色道先生說得狠是但與那卦又不大相合到底有妨礙麽毛半仙道你不用慌待我慢慢的再看低着頭又咕噥了一會子便說好了有救星了算出巳上有貴神救解謂之魄化魂歸先憂後喜是不妨事的只要小心些就是了賈蓉奉上卦金送了出去回稟賈珍說是母親的病是在舊宅傍晚得的爲撞着什麽伏屍白虎賈珍道你說你母親前日從園裡走回來的可不是那裡撞着的你還記得你二嬸娘到園裡去回來就病了他雖沒有見什麽後來那些丫頭老婆們都說是山子上一個毛烘烘的東西眼睛有燈

籠大還會說話把他二奶奶赶了回來唬出一場病來賈蓉道怎麼不記得我還聽見寶叔家的茗烟說晴雯是做了園裡芙蓉花的神了林姑娘死了半空裡有音樂必定他也是管什麼花兒了想這許多妖怪在園裡還了得頭裡人多陽氣重常來常往不打緊如今冷落的時候母親打那裡走還不知踹了什麽花兒呢不然就是撞着那一個那卦也還算是準的賈珍道到底說有妨碍沒有呢賈蓉道據他說到了戊日就好了只願早兩天好或除兩天纔好賈珍道這又是什麼意思賈蓉道那先生若是這樣准生怕老爺也有些不自在正說着裡頭喊說奶奶要坐起到那邊園裡去丫頭們都按捺不住賈珍等進去

安慰定了只聞尤氏嘴裡亂說穿紅的來叫我穿綠的來趕我地下這些人又怕又好笑賈珍便命人買些紙錢送到園裡燒化果然那夜出了汗便安靜些到了戊日也就漸漸的好起來由是一人傳十十人傳百都說大觀園中有了妖怪唬得那些看園的人也不修花補樹灌溉菓蔬起先晚上不敢行走以致鳥獸逼人甚至日裡也是約伴持械而行過了些時果然賈珍也病竟不請醫調治輕則到園化紙許愿重則詳星拜斗賈珍方好賈蓉等相繼而病如此接連數月鬧得兩府俱怕從此風聲鶴唳草木皆妖園中出息一槩全蠲各房月例重新添起反弄得榮府中更加拮据那些看園的沒有了想頭個個要離此

處每每造言生事便將花妖樹怪編泒起來各要搬出將園門
封固再無人敢到園中以致崇樓高閣瓊舘瑶臺皆為禽獸所
棲却說晴雯的表兄吳貴正住在園門口他媳婦自從晴雯死
後聽見說作了花神每日晚間便不敢出門這一日吳貴出門
買東西回來晚了那媳婦子本有些感冒着了日間吃錯了藥
晚上吳貴到家已死在炕上外面的人因那媳婦子不妥當便
都說妖怪爬過墻吸了精去死的於是老太太着急的了不得
替另派了好些人將寶玉的住房圍住巡邏打更這些小丫頭
們還說有的看見紅臉的有的看見狠俊的女人的吵嚷不休
唬得寶玉天天害怕虧得寶釵有把持的聽得丫頭們混說便

唬嚇着要打所以那些謠言畧好些無奈各房的人都是疑人
疑鬼的不安靜也添了人坐更於是更加了好些食用獨有賈
赦不大狠信說好好園子那裡有什麽鬼怪挑了個風清日煖
的日子帶了好几個家人手内持着器械到園踹看動靜衆人
勸他不依到了園中果然陰氣逼人賈赦還扎挣前走跟的人
都探頭縮腦内中有個年輕的家人心内已經害怕只聽呼的
一聲回過頭來只見五色燦爛的一件東西跳過去了唬得嗳
喲一聲腿子發軟便躺倒了賈赦回身查問那小子喘嘘嘘的
回道親眼看見一個黄臉紅鬚緑衣青裳一個妖怪走到樹林
子後頭山窟窿裡去了賈赦聽了便也有些胆怯問道你們都

看見麼有几個推順水船見的回說怎麼沒瞧見因老爺在頭裡不敢驚動罷了奴才們還掌得住說得賈赦害怕也不敢再走急急的回來吩咐小子們不要提及只說看遍了沒有什麼東西心裡實也相信要到真人府裡請法官驅邪豈知那些家人無事還要生事今見賈赦怕了不但不瞞着反添些穿鑿說得人人吐舌賈赦沒法只得請道士到園作法事驅邪逐妖擇吉日先在省親正殿上鋪排起壇場上供三清聖像傍設二十八宿并馬趙溫周四大將下排三十六天將圖像香花燈燭設滿一堂鐘鼓法器排兩邊插着五方旗號道紀司派定四十九位道衆的執事爭了一天的壇三位法官行香取水畢然後擂

起法鼓法師們俱戴上七星冠披上九宮八卦的驅衣踏着登雲履手執牙笏便拜表請聖又念了一天的消灾邪驅接福的洞元經已後便出榜召將榜上大書太乙混元上清三境靈寶符籙演教大法師行文敕令本境諸神到壇聽用那日兩府上下爺們伏着法師擒妖都到園中觀看都說好大法令呼神遣將的鬧起來不管有多少妖怪也嚇跑了大家都擠到壇前只見小道士們將旗旛舉起按定五方站住伺候法師號令三位法師一位手提寶劍拿着法水一位捧着七星皂旗一位舉着桃木打妖鞭立在壇前只聽法器一停上頭令牌三下口中念念有詞那五方旗便團團散布法師下壇叫本家領着到各處

樓閣殿亭房廊屋舍山崖水畔灑了法水將劍指畫了一回來連擊牌令將七星旗祭起衆道士將旗旛一聚接下打怪鞭望空打了三下本家衆人都道拿住妖怪爭着要看及到跟前並不見有什麼形響只見法師叫衆道士拿取瓶罐將妖收下加上封條法師硃筆書符收令人帶回在本觀塔下鎮住一面撤壇謝將賈赦恭敬叩謝了法師賈蓉等小弟兄背地都笑個不住說這樣的大排場我打量拿着妖怪給我們瞧瞧到底是些什麼東西那裡知道是這樣收羅究竟妖怪拿去了沒有賈珍聽見罵道糊塗東西妖怪原是聚則成形散則成氣如今多少神將在這裡還敢現形嗎無非把這妖氣收了便不作祟就是

法力了衆人將信將疑且等不見響動再說那些下人只知妖怪被擒疑心去了便不大驚小怪往後果然沒人提起了賈珍等病愈復原都道法師神力獨有一個小子笑說道頭裡那些響動我也不知道就是跟着大老爺進園這一日明明是個大公野雞飛過去了拴兒嚇離了眼說得活像我們都替他圓了個謊大老爺就認真起來倒瞧了個很熱鬧的壇場衆人雖然聽見那裡肯信究無人住一日賈赦無事正想要叫幾個家下人搬住園中看守書屋惟恐夜晚藏匿奸人方欲傳出話去只見賈璉進來請了安回說今日到他大舅家去聽見一個荒信說是二叔被節度使叅進來爲的是失察屬員重徵糧米請旨

革職的事賈赦聽了吃驚道只怕是謠言罷前兒你二叔帶書子來說探春於某日到了任所擇了某日吉時送了你妹子到了海疆路上風恬浪靜合家不必掛念還說節度認親倒設席賀喜那裡有做了親戚倒提參起來的且不必言語快到吏部打聽明白就來回我賈璉即刻出去不到半日回來便說纔到吏部打聽果然二叔被參題本上去虧得皇上的恩典沒有交部便下旨意說是失察屬員重徵糧米苛虐百姓本應革職姑念初膺外任不諳吏治被屬員蒙蔽著降三級加恩仍以工部員外上行走并令即日回京這信是準的正在吏部說話的時候來了一個江西引見知縣說起我們二叔是狠感激的但說

是個好上司只是用人不當那些家人在外招搖撞騙欺凌屬員已經把好名聲都弄壞了節度大人早已知道也說我們二叔是個好人不知怎麼樣這回又參了想是忒鬧得不好恐將來弄出大禍所以借了一件失察的事情參的倒是避重就輕的意思也未可知賈赦未聽說完便叫賈璉先去告訴你嬸子知道且不必告訴老太太就是了賈璉去回王夫人未知有何話說下回分解

紅樓夢第一百二回終

